KB242824

시선시화집

김유정역

INK

김유정역

달아실

시인의 말

30대를 김유정의 고향인 실레마을에 살았다. 동네 사람들도 김유정을 잘 모를 때였다. 김유정의 자취라곤 금병의숙 야학 터에 있는 김유정 기적비가 유일했다. 김유정은 살아서도 죽어서도 불쌍했다.

내가 실레마을을 떠난 후인 2002년 김유정 생가가 복원되었고 2004년엔 신남역이 김유정역으로 개명됐다. 인명을 역명으로 한 건 대한민국 철도 사상 최초다. 기념관이 생긴 것도 기뻤지만 '김유정역'으로의 개명은 더 기뻤다. 사람들이 떠나고 돌아오고 만나는 역은 그 어떤 공간보다 문학적이라고 생각했기 때문이었다. 언젠가 '김유정역'이라는 이름으로 시집을 내리라 생각했었다.

'김유정역' 연작 20여 편과 그동안 냈던 시집과 산문집에 실렸던 시들 중 기억에 남는 시들을 골랐다. 물론 새로 쓴 시도 몇 편 있다. 이름하여 시선시화집이다. 시선시화집 '김유정역'은 김유정이라는 아름다운 영혼을 위해 드는 경배敬拜다.

2026년 봄
김유정역에서 김유정역을 쓰고 그린다
정현우

차례

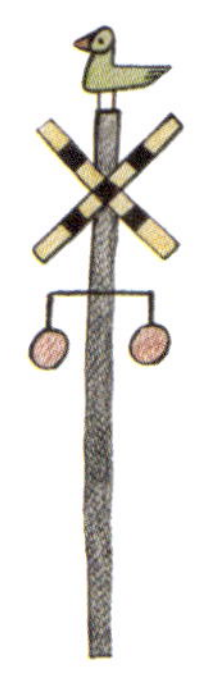

김유정역

김유정역
— 개동백꽃

김유정 소설 '동백꽃'의 동백은 남도의
붉은 동백꽃이 아니라 노란 개동백꽃이다
생강나무꽃의 다른 이름이다

옛날 여인들은 머릿기름으로 동백기름을 썼다
남도의 동백기름을 구하기 힘든 강원도 여인들은
생강 향 나는 생강나무 기름을 대신 썼다
대용이라고 개 자를 붙여 개동백이라 했단다

옛날엔 부정으로 개 자를 붙였는데
요즘은 긍정으로 개 자를 붙인다

춘천의 봄을 알리는 개동백 개좋다

김유정 소설 '동백꽃'의 동백은 남도의
붉은 동백꽃이 아니다 노란 개동백꽃이다
생강나무꽃의 다른 이름이다

옛날 여인들은 머릿기름으로
동백기름을 썼다 남도의 동백기름이 귀한
강원도 여인들은 생강 향 나는 생강나무
기름을 대신 썼다 대용이라고 개 자를
붙여 개동백이라 했단다

옛날엔 부정으로 개 자를 붙였는데
요즘은 긍정으로 개 자를 붙인다

춘천의 봄을 알리는 개동백꽃 개좋다

김유정역
-개동백꽃   2026. 정현우

11월

11월의 11이란 숫자는
쓸쓸하다는 의미의 상형문자 같다
그대와 나 사이가
너무 휑하다

필사 노트

김유정역
― 경배敬杯

유정이 좋아 실레마을에 살았었어
야학이 있던 자리 느티나무 밑에 앉아
기적비에 새겨진 유정의 생애를 읽으며
깡소주를 마시곤 했어

산다는 것에 경건해지고 싶을 때도 있었지만
내겐 종교도 조국도 직장도 없었어
상행선 막차도 끊긴 어느 봄밤엔
요절하고 싶었어
그러나 난 천재가 아니었고
내가 할 수 있는 건
요절한 천재를 위해
경배를 드는 것뿐이었어
5공화국 시절이었어

유정이 좋아 실레 마을에 살았었어
이학이 있던 자리 느티나무 밑에 앉아
기적비에 새겨진 유정의 생애를 읽으며
깡소주를 마시곤 했어

산다는 것에 경건해지고 싶을 때도 있었지만
내겐 종교도 조국도 직장도 없었어
상행선 막차도 끊긴 어느 봄밤엔
요절하고 싶었어
그러나 난 천재가 아니었고
내가 할 수 있는 건
요절한 천재를 위해
경배를 드는 것 뿐이었어
5공화국 시절이었어

김유정역
- 경배 敬杯

2026. 詩畵 정현우

거리 악사

강이 얼고 장작난로에 몇 도막 몽상을 지피고 있습니다. 캐롤 킹의 엘피 음반을 듣다가 거리 악사가 되는 꿈을 꾸었습니다. 지도처럼 펼쳐진 창밖의 잔설을 내다보며 몇 해 전의 먼 나라를 추억합니다. 마리화나 연기 자욱한 코펜하겐의 히피공동체 크리스티아나에서 만났던 초로의 거리 악사가 통기타를 치며 들려주었던 노래는 캐롤 킹의 〈유브 갓 어 프렌드〉였습니다.

아시겠죠. 당신이 혹 거리를 걷다가 통기타를 메고 유브 갓 어 프렌드, 노래 부르는 남자를 만난다면 그게 바로 저라는 거, 그때 동전 던지는 거 잊지 마시길

필사 노트

김유정역
—기억

역 대합실에 앉아
주간지의 낱말 퍼즐을 맞춘다
아는 사람이 인사를 한다
이름이 기억나지 않는다

어디로 가야 지워진 기억을
복원할 수 있을까
행선지를 생각하는 동안 기차는
퍼즐의 빈칸을 매달고
꿈처럼 지나간다

내 이름도 기억나지 않을 때가
올지도 모른다
그 전에 기차를 타야 한다

김유정역 대합실에 앉아
조간지의 낱말 퍼즐을 맞춘다
아는 사람이 인사를 한다
이름이 기억나지 않는다

어디로 가야 지워진 기억을
복원할 수 있을까
행선지를 생각하는 동안 기차는
퍼즐의 빈칸을 매달고
꿈처럼 지나간다

내 이름도 기억나지 않을 때가
올지도 모른다
그 전에 기차를 타야 한다

2020. 김유정역 / 기억
정현우 쓰고 그리다.

나방

무슨 죄를 지었기에 나방은
어둠 속을 헤매는 걸까
얼마나 어두운 별에서 왔기에
빛이라면 목숨을 걸고 날아드는 걸까
몇 생을 빛을 향해 날아야
나비가 되는 걸까

필사 노트

김유정역
— 기차는 8시에 떠나네

비밀을 간직한 파르티잔처럼
아무도 없는 11월의 간이역에서
소주를 마시며 아그네스 발차의
'기차는 8시에 떠나네'를 듣는다

'카테리니로 가는 기차는 8시에 떠나네
11월은 머물지 않으려 하네
8시를 기억하지 않으려고'

11월은 8시를 기억하지 않기 위해
8시에 떠나는데 나는 몇 시를
기억하지 않기 위해 떠나야 하는 걸까
소주도 떨어지고 낙엽도 떨어지는데

김유정역
- 기차는 8시에 떠나네

비밀을 간직한
파르티잔처럼
아무도 없는 11월의 간이역에서
소주를 마시며 아그네스 발차의
'기차는 8시에 떠나네'를 듣는다

'카테리니 가는 기차는 8시에 떠나네
11월은 머물지 않으려 하네
8시를 기억하지 않으려고'

11월은 8시를 기억하지 않기 위해
8시에 떠나는데 나는 몇 시를
기억하지 않기 위해 떠나야 하는 걸까
소주도 떨어지고 낙엽도 떨어지는데

2026 詩畵 정현웅

두엄

정림리 마을 어귀 늙은 농부가
겨우내 썩힌 두엄을 내고 있다
두엄을 내야 할 때
하지만 내겐 두엄이 없다
겨우내 읽은 몇 줄의 문장과
겨우내 그린 몇 점의 그림
불면과 불운은 아직 발효되지 않았다
잡념 무성한 내 사유의 밭엔
검은 폐비닐만 두엄더미처럼 쌓여 있다
썩고 싶어도 썩을 수 없는 검은 폐비닐처럼
그동안 나는 울지 못했고 긍정을 욕했다
미안하다
하지만 나도 두엄을 내고 싶다
내 마음 묵밭에 희망을 파종하고 싶다

필사 노트

김유정역
—김유정문인비

의암호엔 1968년에 세운
김유정문인비가 있다
해설판엔 김유정이 짝사랑했던
명창 박녹주가
제막식 때 한 말이 적혀 있다

'김유정이 이리 유명해질 줄 알았더라면
그때 그의 사랑을 받아줬을 겁니다'

90여 통이나 연서를 받았지만
단 한 통의 답장도 보내지 않았던
녹주는 유정을 두 번 죽였다

녹주도 죽었다 저승에선 녹주가
유정이 창밖에서 사랑가를
목놓아 부르리라

의암호엔 1968년에 세운
김유정문인비가 있다
해설판엔 김유정이 짝사랑했던 명창
박녹주가 제막식때 한 말이 적혀 있다

'김유정이 이리 유명해질 줄 알았더라면
그때 그의 사랑을 받아줬을 겁니다'

90여 통이나 연서를 받았지만
단 한 통의 답장도 보내지 않았던
녹주는 유정을 두 번 죽였다
녹주도 죽었다 저승에선 녹주가
유정의 창밖에서 사랑가를 목놓아 부르리라

별

1980년대 말 춘천시청 옆 길가에서 'B혹성 612'라는 작은 카페를 했었다. 20대 후반이었다. 어린 왕자의 별이라고 고물상에서 산 고장난 천체 망원경을 장식으로 진열했었다. 어느 날 밤 외출에서 돌아오는데, 술에 취한 한 젊은이가 그 고장난 망원경으로 별을 찾으며 나를 욕하고 있었다. 별이 안 보인다고 고장난 망원경을 갖다 놓았다고 시팔조팔 하고 있었다. 시인을 꿈꾸는 젊은이로 평소에도 문청 특유의 치기와 객기로 나를 불편하게 했었다.

하늘을 보니 잔뜩 흐려 있었다. 잘 걸렸다 싶었다. 다가가 말했다. "왜 별이 안 보여? 내가 보게 해줄게" 하며 따귀를 후려갈겼다.

다음날 그가 맨정신으로 노트 한 권을 들고 왔다. 별자리가 빼곡하게 그려진 노트였다. 흐린 날 별을 보게 해줘서 고맙다고 별자리 하나를 선물하겠다고, 그 후로 나는 그를 다시 보지 못했다. 지금은 그가 준 별자리 이름도 생각나지 않지만, 별을 볼 때면 가끔 그의 안부가 궁금해진다.

필사 노트

김유정역
— 로드 맥컨

늙은 가수가
저음으로 내리는 눈을 맞으며
기차를 기다리고 있다
나는 그가 로드 맥컨이라고 생각했다
그는 11살 때 집을 나왔다

그는 구두닦이였고 철도 노동자였고
스턴트맨이었다

그는 늘 책을 읽었고 기차를 놓쳤고
노래를 했다

* 로드 맥컨(1933~2015). 노래하는 성자로 추앙받는 미국의 음유시인.

김유정역
- 로드 맥킨

늙은 가수가
처음으로 내리는 눈을 맞으며
기차를 기다리고 있다
나는 그가 로드 맥킨이라고 생각했다
그는 열 한살 때 집을 나왔다

그는 구두닦이였고 철도 노동자였고
스턴트맨이었다

그는 늘 책을 읽었고 기차를 놓쳤고
노래를 했다

· 로드 맥킨〈1993~2015〉
노래하는 싱자로 추앙받는
미국의 음유시인

詩畵. 정현웅 2026

붉은점모시나비

붉은 점모시나비가 손등에 내려앉았다
산 나비와 살을 맞대다니
내 살에서 이끼처럼 소름이 돋았다

나비를 가만히 들여다보았다
아름다워지려고 얼마나 애를 쓴 걸까?
군데군데 붉은 멍이 들었다

붉은 점모시나비가 날아간
접도蝶道 끝에 문신 가게를 열고
지나가는 사람들 손목에
나비 문신을 새겨주고 싶었다

별박이세줄나비 눈많은그늘나비 청띠신선나비
나비를 새기다보면
내 오랜 슬픔도 아름다워지겠다

필사 노트

김유정역
— 망명

진작 망명하고 싶었지만
차마 모국어를 뿌리칠 수 없었네
이젠 떠나야겠네
고아 먹으려고* 가둬 놓았던 식민지의
뱀도 닭도 모두 풀어주고
사막으로 가야겠네

혼자 간다고 생각하니 조금은 외롭구면
경성에 들러 이상李箱을 만나야겠네
'박제가 된 천재'**보다
사막에서 미라가 되는 게 낫지 않겠냐고
동행을 제의할 생각이라네

* 김유정이 죽기 전 안회남에게 쓴 마지막 편지엔 이런 구절이 있다. "무리를 하면 병을 더친다. 그러나 그 병을 위하여 업집어 무리를 하지 않으면 안 되는 나의 몸이다. 그 돈이 되면 우선 닭을 한 삼십 마리 고아 먹겠다. 그리고 땅꾼을 디려, 살모사 구렁이를 십여 뭇 먹어보겠다. 그래야 내가 다시 살아날 것이다. 그리고 궁둥이가 쑥쑥구리 돈을 잡아먹는다. 돈, 돈, 슬픈 일이다."

** 이상이 병석에 누워 있는 김유정을 찾아와 함께 죽자는 제의를 했었다는 일화가 전해지고 있다. "박제가 되어버린 천재를 아시오"는 이상의 소설 날개의 첫 문장이다.

김유정역
-망명

진작 망명하고 싶었지만
차마 모국어를 뿌리칠 수 없었네
이젠 떠나야겠네
꼬아 먹으려고 가둬 놓았던
식민지의 뱀도 닭도 모두
풀어주고 사막으로 가야겠네

혼자 간다 생각하니 조금 외롭구먼
경성에 들러 이상李箱을 만나야겠네
'박제가 된 천재' 보다
사막에서 미라가 되는 게 낫지 않겠냐고
동행을 제의 할 생각이라네

詩畵. 정현우 2026

빈집

너무 오래 허물어져

복원할 수 없는 사랑

그 부식된 시간의 문을 열면

형태는 사라지고 냄새만 남아 있는

한 채의 집이 있다

가끔 그 집에 들러

아득해지고 싶을 때가 있다

필사 노트

김유정역
—소낙비

춘호 형, 여관에서 여관으로 가방 하나 들고 이사를 다니며 노름판을 떠돌던 형의 유랑이 부러웠던 시절이 있었어요. 가방 하나에 생生을 모두 담을 수 있다니 형은 도인이었어요.

돈 놓고 돈 먹는 자본주의는 노름판이에요. 밑천 많은 자본주의를 이길 수가 없어요. 자본주의는 언제나 새*가 될까요?

여전히 가방 하나 들고 혼자 노름판을 떠돌고 있는 거죠? 소낙비 내리면 형 생각이 나요. 마누라 안 팔아먹으려고 장가 안 간 거 알아요. 노름꾼은 독신이어야 한다는 걸 아는 형이 멋있어 보였어요.

나는 형이 전생에 좋은 일 많이 해서 이번 생엔 놀러 온 사람이라고 생각해요. 끝까지 홀가분하길 빌어요.

---

* 노름판에서 쓰는 은어로 돈 다 잃은 사람을 지칭한다.

춘호 형. 여관에서 여관으로 가방 하나 들고 이사를 다니며
노름판을 떠돌던 형의 유랑이 부러웠던 시절이 있었어요.
가방 하나에 생生을 모두 담을 수 있다니. 형은 도인이었어요.

돈 놓고 돈 먹는 자본주의는 노름판이에요. 밑천 많은 자본주의를
이길 수가 없어요. 자본주의는 언제나 새가 될까요?

여전히 가방 하나 들고 노름판을 떠돌고 있는 거죠?
소낙비 내리면 형 생각이 나요. 마누라 안 팔아먹으려고
장가 안 간 거 알아요. 노름꾼은 독신이어야 한다는 걸 아는 형이
멋있어 보았어요.

나는 형이 전생에 좋은 일 많이 해서 이번 생엔 놀러온 사람이라고
생각해요. 끝까지 흘가분하길 빌어요.

김유정 역
-소낙비

2026. 詩畵 정현우

산으로 간 낙타

낙타는 천적을 피해 사막으로 갔다는군
나도 자본주의라는 천적을 피해 산으로 갔었어
산막에서 삼 년 동안 샘물 길어다 밥 짓고
나무를 해 때며 살았지
낮엔 심마니들 쫓아다니며 약초를 캐고
밤엔 빨치산처럼 '부용산' 노래를 불렀어

우체부도 여호와의 증인도 오지 않는
눈 쌓인 어떤 날엔 실성한 놈처럼
혼자 중얼대기도 했지만
내 생애 가장 온전한 날들이었어

필사 노트

김유정역
— 시간여행

야학을 열어 모국어를 가르친다는
유정을 만나러 실레마을에 갔습니다
유정은 이미 떠난 후였습니다
경성의 어느 어두운 골방에 틀어박혀
각혈을 하며 글을 쓰고 있다는
소문만 생강나무 꽃향기처럼
마을을 떠다니고 있었습니다

문 닫힌 금병의숙 식민지의 그늘에서
유정의 짝사랑을 안주로
소리 잘하는 들병이 불러
낮술을 마셨습니다
박녹주가 잘 부른다는
춘향가를 들었습니다

김유정역
-시간여행

야학을 열어 모국어를 가르친다는
유정을 만나러 실레마을에 갔습니다
유정은 이미 떠난 후였습니다
경성의 어느 어두운 골방에 틀어박혀
각혈을 하며 글을 쓰고 있다는
소문만 생강나무 꽃향기처럼
마을을 떠다니고 있었습니다

문 닫힌 금병의숙 식민지의 그늘에서
유정의 짝사랑을 안주로
소리 잘하는 들병이 불러
낮술을 마셨습니다
박녹주가 잘 부른다는
춘향가를 들었습니다

2026. 詩畵 정현우

소래포구

소래포구 철교를 걷다가
그대를 생각하며
한참을 덜컹거렸습니다
세상의 모든 길이 넓어졌지만
옛날로 가는 길은 여전하여
협궤열차가 오지 않는다는 말을
믿지 않았습니다
밀물 때까지 걸으려면 서둘러야겠습니다
그리움 따윈 몇 칸씩 건너뛰겠습니다

필사 노트

김유정역
— 식민지를 살았다면

눈이 풀풀 날리는 날
도리구찌를 쓰고 가죽 부츠를 신은 친구와
실레마을 유정 국밥집에서
소주를 마시며 서로에게 물었다
김유정처럼 식민지를 살았다면
우린 뭘 하며 어떻게 살았을까?
김유정 소설의 인물들처럼 막살아야 살 수 있었을까?

내가 물었다 너는?
잘 살았을 거야 순사 앞잡이나 하면서
내가 자신의 패션을 보며
일본 순사 앞잡이 이미지를 떠올렸다는 걸
간파한 대답이었다

친구가 물었다 너는?
난 상해로 갔을 거야
아편굴에 들어가 안 나왔을 거야

눈이 풀풀 날리는 날
도리구찌를 쓰고 가죽 부츠를 신은 친구와
실레마을 유정국밥집에서
소주를 마시며 서로에게 물었다
김유정처럼 식민지를 살았다면
우린 뭘 하며 어떻게 살았을까.

내가 먼저 물었다 너는?
잘 살았을 거야 순사 앞잡이나 하면서
내가 자신의 패션을 보며
일본 순사 앞잡이 이미지를 떠올렸다는 걸
간파한 대답이었다

친구가 물었다 너는?
난 상해로 갔을 거야
아편굴에 들어가 안 나왔을 거야

       김유정역
       -식민지를 살았다면

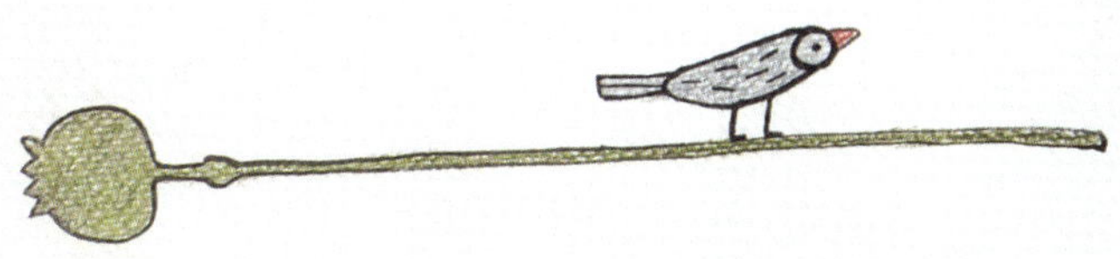

2026. 詩畵. 정현우

소문

고슴도치 섬에는 안개공장이 있대
퇴출당한 詩노동자들이
섬 밖으로 안개를 져 나르고 있대

필사 노트

김유정역

―연착

멀리서 기적소리만 들려올 뿐
기차는 한 생애가 저물도록
오지 않았습니다

기차가 도착했을 땐 세상이
더 이상 궁금하지 않았습니다.

김유정역
        - 인 차

멀리서 기적소리만 들려올뿐
기차는 한 생애가 저물도록
오지 않았습니다

기차가 도착했을 땐 세상이
더 이상 궁금하지 않았습니다

2026. 정현우 쓰고 그리다.

시를 필사하는 혁명가

체 게바라의 마지막 배낭 속엔
예순아홉 편의 시를 필사한 푸른색 노트가 들어 있었네
시를 필사하는 혁명가가 있었다니
총조차 낭만으로 바꿀 수 있는 인간이 있었다니
내가 열 살 때까지도 이 지구에서 같이 숨을 쉬고 있었다니

나는 체 게바라를 필사하며
인간이 다 거기서 거기라는 말을 철회한다네

배낭에 필사 노트와 낭만과 총을 집어넣고
1967년의 볼리비아로
1980년의 광주로
2021년의 미얀마로 가고 싶었네

그러나 내겐 필사 노트도 낭만도 총도 없다네
이게 시를 필사하기도 한나네
누가 알겠는가 시를 필사하다보면
낭만도 생기고 총도 생길지

필사 노트

김유정역
―유정 북카페

구 김유정역사 폐철길엔
운행을 멈춘 옛날 기차가
'유정 북카페'라는 간판을 달고
정거해 있다

지나온 역들을 읽고 있다

이상李箱, 니코스 카잔차키스
로맹 가리, 가와바따 야스나리
홍명희, 알베르 까뮈, 헤르만 헤세…

그 김유정역시 페철길엔
운행을 멈춘 옛날 기차가
'유정북카페' 라는 간판을 달고
정거해 있다

지나온 역들을 읽고 있다

이상축箱 니코스 카잔차키스
로맹 가리 가외비따 아스나리
홍명희 알베르 끼뮈 헤르만 헤세....

2020. 정현우

실낙원

내가 굴렁쇠를 버린 건
하늘은 왜 끝이 없는지
더 이상 궁금해하지 않기로 한
어느 저녁이었다
그 후 나는 우주로부터 멀어졌다

돌아갈 길이 막막하다
굴렁쇠도 없이

필사 노트

김유정역
—첫사랑

시월이 끝나는 날
오후 네 시
그리움의 그림자가
가장 길어진다는 비밀
너에게 말하고 싶어
종종 나는 역에 나와
지나간 기차를 기다린다

김유정역
- 첫사랑

시월이 끝나는 날
오후 네 시
그리움의 그림자가
가장 길어진다는 비밀
너에게 말하고 싶어
종종 나는 역에 니와
지나간 기차를 기다린다.

2026. 정현우 쓰고 그리다

어느 무정부주의자의 고백

그해 오월 나는 육군 병장이었고 휴가 갔던 광주 출신 일등
병은 민머리에 승복을 입고 귀대했지. 임진강이 내려다보이는
한낮의 대공 초소에서 일등병은 내게 광주의 진실을 말했네.
군인들이 민간인들을 총으로 쏴 죽이고 칼로 찔러 죽였다고.

내겐 무장 탈영할 용기가 없었네. 내가 광주에 투입된 군인
이 아니라는 사실만 그저 다행이고 다행이었네. 무정부주의로
이념을 바꾸는 것 말고는 할 수 있는 게 아무 것도 없었지.

사십 년이 흘렀지만 나는 역사의 변방을 망월동의 저녁처럼
떠돌고 있다네. 조국은 없지만 광주는 빛으로 빛으로 가슴에
남아 있다네.

필사 노트

김유정역
— 청춘

역전 흡연구역에서 한 청춘이
뻐끔담배를 피우며 연신 침을 뱉고 있다
수능 시험 망치고 가출이라도 한 건지
배낭이 터질 것 같다

내게도 뻐끔담배를 피우며
세상을 향해 침을 뱉던 시절이 있었다

청춘의 꿈이 너무 무겁지 않았으면 좋겠다
가출이 아니라 독립이었으면 좋겠다

김유정역
 -청춘

역전 흡연구역에서 한 청춘이
삐끔담배를 피우며 연신 침을 뱉고 있다.
수능시험 망치고 가출이라도 한 건지
배낭이 터질 것 같다.
내게도 삐끔담배를 피우며
세상을 향해 침을 뱉던 시절이 있었다.
청춘의 꿈이 너무 무겁지 않았으면 좋겠다.
가출이 아니라 독립이었으면 좋겠다.

2026. 言詩畵 정현우

오월의 나무처럼

이제 말을 막 배우기 시작한 딸이
점심 식탁의 상추를 집어들고 '나무'란다

갑자기 아이의 등 뒤에서 유리창이 커지고
방안이 환해진다

골목의 나무들이 창가로 모여들어
연초록 이파리들을 흔든다
오월의 나무들처럼 싱싱해지는 식구들

필사 노트

김유정역
—청춘열차

식민지 소설가의 실패한 연애편지를 읽으며 나는 청춘열차 하행선 막차를 타고 김유정역을 지나간다. 청춘열차는 한때 청춘이었던 사람들과 한때 청춘인 사람들을 태우고 봄밤을 꿈처럼 지나간다. 청춘열차는 간이역에 서지 않는다. 청춘은 언제나 빠르게 지나갈 뿐이다.

청춘열차에선 청춘을 추억해야 한다. 실패한 연애와 가난과 불운과 데카당스를.

김유정역
- 청춘열차.

식민지 소설가의 실패한 연애편지를 읽으며 나는 청춘열차.
하행선 막차를 타고 김유정역을 지나간다. 청춘열차는 한때
청춘이었던 사람들과 한때 청춘인 사람들을 태우고 봄밤
을 꿈처럼 지나간다. 청춘열차는 간이역에 서지 않는다
청춘은 언제나 빠르게 지나갈 뿐이다. 청춘열차에선 청
춘을 추억해야 한다. 실패한 연애와 가난과 불운과 데카
당스를

2026. 정현우

오픈카

68

시골에선 오픈카를 보기가 쉽지 않다
오픈카가 지나가자 길을 가던 젊은 엄마가
서너 살 먹은 계집아이에게 물었다

'애야 너 저게 무슨 찬지 알아'
아이가 즉각 대답했다
'응 망가진 차야'

필사 노트

가난

자본주의 국가에서
가난은 가장 큰 죄다
공소시효도 없다

가난

자본주의 국가에서
가난은 가장 큰 죄다
공소시효도 없다

2026. 詩畵. 정현우

김유정역
―대륙행 기차

기차를 타고 유럽까지 가는 꿈을 꾸던 어린 시절이 있었어.
대남 방송이 들리는 마을이었어. 눈이 많이 내리는 겨울날엔
아랫목에 엎드려 세계지도를 보았지. 눈은 지도 위에도 내려
휴전선이 지워지고 세상의 모든 국경이 지워졌어. 대륙행 기차
를 타고 유럽까지 가는 꿈을 꾸었지.

평양을 지나 압록강 철교를 건너 만주벌판을 달릴 땐 눈보
라의 대군을 끌고 흰말을 타고 달리는 광개토 대왕을 보았어.
예세닌의 자작나무 숲도 지났지. 사막에선 실크로드를 오가는
카라반의 행렬도 보았어. 종착역은 노르웨이 나르비크였어.

꿈을 꾼 지 반세기가 지났어. 아직도 꿈은 디엠지 안에 갇혀
있어. 아직도 우리의 소원은 통일이지.

필사 노트

개소리

74

사람이 꽃보다 아름답다니
개소리다
사람은 꽃을 꺾지만
꽃은 사람을 꺾지 않는다

개소리

사람이 꽃보다 아름답다니
개소리다
사람은 꽃을 꺾지만
꽃은 사람을 꺾지 않는다

詩畵. 정현우 2026

김유정역
— 동백꽃

갓 핀 동백꽃이 발뒤꿈치를 들고
담장 너머 김유정 추모제를 구경하고 있다
촌장이 소설 '동백꽃'의 한 구절을 인용하며
추모사를 했다

'알싸한, 그리고 향긋한 그 냄새에
나는 땅이 꺼지는 듯이 온정신이 고만 아찔하였다.'

나도 온정신이 고만 아찔해지고 싶었다
사랑에 아찔하던 시절은 지나갔다
실레마을 중국집 만무방에라도 가야겠다
배갈이라도 마시고 아찔해져야겠다

필사 노트

과대망상

단 하루만이라도
어떤 국가의 국민도 아닌 채
살아보고 싶다

과.대망상

단 하루 만이라도
어떤 국가의
국민도 아닌 채
살아보고 싶다

詩畵. 정현우
2026

김유정역
—아버지의 악기

식민지에서 청춘을 털리고 한국전쟁 땐 인민군에 끌려갔다 도망친 아버지는 평생 노름을 했고 우리 집은 자주 이사를 다녔다. 아버진 늘 악기를 먼저 챙겼다, 기타, 아코디언, 하모니커.

아버지는 가끔 화투를 내려놓고 악기를 잡았다. 기타를 들면 '울 밑에선 봉선화야 네 모양이 처량하다' 노래를 불렀다. 아버지가 악기를 잡는 날은 식구들 모두 행복했다. 아버지는 악기를 잡는 날보다 화투를 잡는 날이 더 많았다.

나는 아버지를 미워할 수 없었다. 차마 음악을 미워할 수 없었다.

필사 노트

꽃과 밥

꽃도 보기 싫을 만큼
살기 싫을 때도 있다
방문 잠그고
병든 개처럼
한 사흘 굶어야겠다
꽃이 밥처럼 보일 때까지

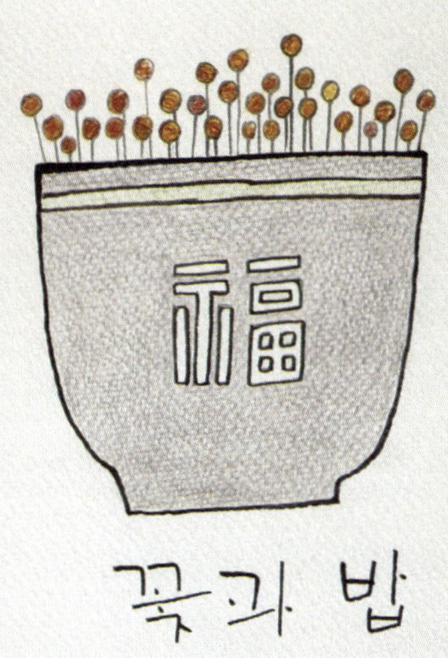

꽃과 밥

꽃도 보기 싫을 만큼
살기 싫을 때도 있다
방문 잠그고
병든 개처럼
한 사흘 굶어야겠다

꽃이 밥처럼 보일 때까지

2026. 詩畵. 정현우

김유정역
―유정 생각

김유정역을 지날 때마다 유정을 생각한다
사랑에 실패하고 폐결핵에 걸려
스물아홉에 요절한 소설가를 생각한다

2년이란 짧은 기간에
소설마小說魔* 들린 듯 쏟아낸
30여 편의 단편들을 생각한다

고향에 야학을 연 몰락한 만석지기 지주 집
둘째 아들을 생각한다

왜 예술가는 불행할수록 빛나는 걸까를 생각한다

* 시마詩魔는 사전에 있는 말이지만 소설마小說魔는 사전에 없다. 시마는 시를 지을
마음을 불러일으키는 마력이다.

필사 노트

노베리아

세상에서
가장 추운 곳은
시베리아가 아니라
노숙자의 잠자리다

노베리아

세상에서
가장 추운 곳은
시베리아가 아니라
노숙자의 잠자리다

2026. 정현우

김유정역
—황사

최악의 황사다
황사가 마을을 사막으로 끌고 간다
고비나 타클라마칸 어디쯤에서 길을 잃은 건지
낙타는 바람벽 속에서 울고
나는 몽상의 골방에 갇혀 환청을 듣고 있다
다큐멘터리 실크로드 오에스티 대상의 행렬
울란바토르행 기차가 김유정역을 지나간다

필사 노트

눈 내리는 식탁

어머니는 김 위에 소금인 줄 알고 하얀 설탕을 뿌리셨다

"간밤에 어머니의 머리에 눈이 내렸어요"
"눈이 침침해서 바늘귀를 꿸 수가 없구나 실 끝에 낙타가 매
달려 온단다"

가족들의 소식은 끊어지고 어머니가 차려놓은 아침 식탁,
까만 김 위로 싸락눈만 사락사락 흩어지고 있었다

눈 내리는 식탁

어머니는 김 위에 소금인 줄 알고
하얀 설탕을 뿌리셨다.

`간 밤에 어머니 머리에
눈이 내렸어요` `눈이 침침해
바늘귀를 꿸 수가 없구나
실 끝에 낙타가 매달려 온단다`

가족들의 소식은 끊어지고 어머니가
차려놓은 아침 식탁 까만 김 위로
싸락눈만 시락시락 흩어지고 있었다

2026. 정현우

우는 江

두껍게 언 북한 강변을 걷는다
처음 듣는 소리를 듣는다
얼음장 금가는 소리가 아니다
얼음장 밑에서 강이 흐느낀다
꿔 온 쌀로 자식들 밥해 먹이고
목화솜 이불 속에서 울던
내 어린 날의 엄마처럼

필사 노트

망명 수첩

피터보로시에서도 귀뚜라미가 운다
귀뚜라미는 모국어가 없다
잭슨 공원에선 늙은 거리 악사가
리 오스카를 연주하고 있다
음악 속에 은전 한 닢을 던져주고
나는 길을 잃는다
배낭 속의 꿈들이
길 위에 새는 것도 모르고 걸었다
갑자기 돌아가야 할 조국이 생각나지 않았다
웅성거리는 길목을 비껴서서
모국어로 나지막이 울었다

피터보로시에서도 귀뚜라미가 운다
귀뚜라미는 모국어가 없다
잭슨공원에선 늙은 거리악사가
리 오스카를 연주하고 있다
음악 속에 은전 한 닢을 던져주고
나는 길을 잃는다
배낭 속의 꿈들이
길 위에 새는 것도 모르고 길었다
갑자기 돌아가야 할 조국이
생각나지 않았다
응성거리는 길목을 비껴서서
모국어로 나지막이 울었다

詩畵. 정현웅 2026

유목의 피

말을 타고 몽골 초원을 달리던
전생의 기억은 지워졌지만
유목의 피는 끝내 지울 수 없어
계절이 바뀔 때마다
가슴에 키운 말 한 마리
발을 구른다

필사 노트

아버지의 별

카스테레오에서 흘러나온
몇 음절의 강물이
내 눈자위를 적시는 동안 아버지는
순은純銀으로 빛나는 우주복을 입고
백밀러 속으로 멀어진다

우린 모두 어느 별을 향해 가는 건지요
플레아데스 성단에서 온 외계인들은
귀가 크답니다 아버지
음악을 듣기 위해서일까요
당신의 사십구재가 끝나는 날입니다

아버지의 별

카스테레오에서 흘러나온
멕 음절의 강물이
내 눈자위를 적시는 동안 아버지는
순은으로 빛나는 우주복을 입고
백밀리 속으로 멀어진다

우린 모두 어느 별을 향해 가는 건지오
플레아데스 성단에서 온 외계인들은
귀가 크답니다 아버지
음악을 듣기 위해서일까요
당신의 사십구재가 끝나는 날입니다

2026. 정현우

이별의 오에스티

엘피 음반에서 흘러나오는 옛날 빗소리
레너드 코헨의 '페이머스 블루 레인코트'는
이별의 오에스티

빗속에서 만나 빗속에서 헤어진
어떤 시간은 흘러가지 않고
마음 어딘가에 고여
비가 내리면 파문을 일으킨다

필사 노트

안개혁명

안개 혁명군이 도시를 점령했습니다
안개 속을 걷다 우연히 만난 여자는
정신병동에서 풀려나오는 길이라며
내게 하얀 알약을 건네주었습니다
"삶이 뼈저리게 남루하다고 느껴질 때 드세요"
알약을 삼키자 하반신이 지워졌습니다
목소리 크고 어깨에 힘 들어간 사람들은
모두 가시거리 밖으로 끌려갔습니다
누구도 안개에 저항할 수 없습니다
안개 임시정부의 헌법은
누구나 힘을 빼야 한다는 겁니다
도시 전체가 무중력 속으로 떠올랐습니다
곧 안개가 걷히겠지요
힘 없어도 살 수 있는 세상은 너무 짧군요
늘 혁명을 꿈꾸겠습니다

안개혁명

안개 혁명군이 도시를 점령했습니다
안개 속을 걷다 우연히 만난 여자는
정신병동에서 풀려나오는 길이라며
나에게 하얀 알약을 건네주었습니다
"삶이 뻐적지근하게 남루하다 느껴질 때 드세요"
알약을 삼키자 하반신이 지워졌습니다
목소리 크고 어깨에 힘들어간 사람들은 모두
가시거리 밖으로 끌려갔습니다
누구도 안개에 저항할 수 없습니다
안개 임시정부의 헌법은
누구나 힘을 빼야 한다는 겁니다
도시 전체가 무중력 속으로 떠올랐습니다
곧 안개가 걷히겠지요
힘 없어도 살 수 있는 세상은 너무 짧군요
늘   혁명을 꿈꾸겠습니다

詩畵. 정현우 2026

인공댐 속으로 수몰된 내 유년의 완행버스

강물이 모래를 흘리며 차에 올라
젖은 생머리 길게 풀어헤치면
나는 강물의 옆자리에 앉아
바다로 가는 길을 물어보곤 했었어

껵지와 모래무지 투망을 접으며
버스를 세우던 수인리 수몰촌 사람들
어느 먼 유배의 바다 험한 파도에 시달리다가
연어처럼 자라나는 그리움의 지느러미

밤이면 꿈길 더듬어 고향을 찾아오는지
물속에 잠긴 수인리 빈집 창마다
별 하나씩 켜져 있었어

필사 노트

올훼의 땅에서

카페 올훼의 땅에 앉아 주인장이 읽고 있는
시집을 뒤적이고 있습니다
시집의 한 문장이 눈시울을 적셔
창밖으로 이어진 시청 골목을 내다보았습니다
주정차금지 팻말이 붙은 전봇대 아래
허리 굽은 노파가 낙엽처럼 떨어져 있습니다
해결할 수 없는 민원서류처럼 구겨져 있습니다
인생의 황혼이 단풍처럼 곱지 않은 까닭을
생각하고 생각했습니다
생의 비의秘意는 어느 페이지에 있을까요
다시 시집을 하염없이 뒤적이고 있습니다
커피가 식고 또 저녁이 오고 있습니다

카페 을휘의 땅에 앉아 주인장이 읽고 있는
시집을 뒤적이고 있습니다.
시집의 한 문장이 눈시울을 적셔
창밖으로 이어진 시청 골목을 내다보았습니다.
주정차금지 팻말이 붙은 전봇대 아래
허리 굽은 노파가 낙엽처럼 떨어져 있습니다.
해결할 수 없는 민원서류처럼 구겨져 있습니다.
인생의 황혼이 단풍처럼 곱지 않은 까닭을
생각하고 생각했습니다.
생의 비의秘意는 어느 페이지에 있을까요
다시 시집을 하염없이 뒤적이고 있습니다.
커피가 식고 또 저녁이 오고 있습니다.

`을휘의 땅에서` 2016. 정현웅

일몰

서해의 일몰을 보러 가겠습니다
일출만 보는 건 정신에 해롭습니다

잘못 살았다고
이렇게 사는 게 아니었다고
일몰의 바다에 서서
나를 남처럼 오래 바라보겠습니다
바다가 보이는 여관에서
홀로 저물겠습니다

필사 노트

우기

아침 눈떴을 때 들리는
빗소리 너무 아늑해
잠자리를 털고 일어나면
비가 그칠 것 같아
결석을 하곤 했던

양철 지붕 밑에 귀만 남겨놓고
내 몸의 모든 문을 닫아걸던
학창시절이 있었습니다

지금도 비가 내리면
세상에 결석을 하고 싶습니다

아침 눈뜰 때 들리는
빗소리 너무 아늑해
잠자리를 털고 일어나면
비가 그칠 것 같아
결석을 하곤 했던

양철 지붕 밑에 귀만 남겨놓고
내 몸의 모든 문을 닫아걸던
학창시절이 있었습니다
지금도 비가 내리면
세상에 결석을 하고 싶습니다

詩畵. 정현우 2020

크눌프

크눌프가 내 삶의 롤 모델이었던 십대 시절이 있었다.

크눌프는 헤르만 헤세의 소설 〈크눌프 그 삶의 세 이야기〉의 주인공이다. 생래적으로 국외자局外者였던 그는 삶의 대열에 합류하지 못하고 가족도 직업도 없이 세속의 삶을 구경하며 방랑했다. 손풍금을 치며 삶에 지친 사람들을 위로했다. 그는 단 한 번 프란찌스카란 연상의 여인을 사랑했지만 그녀로부터 "돈 쓸 줄 아는 사내가 좋다"라는 말을 들어야 했다.

크리스마스를 며칠 앞둔 5공화국의 변두리 사글셋방에서 "청소년 여러분 눈 덮인 산에서 쓸쓸하게 죽은 크눌프를 아십니까?" 뭐 이렇게 시작되던 라디오의 공익광고를 들은 것은 30대였다. 크눌프처럼 목적 없는 삶을 살아선 안 된다는 뭐 그런 내용이었다. 그때 나는 뭐 이런 개 같은 광고가 있냐며 인생에 무슨 목적이 있냐며 몇몇 주변 사람들에게 울분을 토했었다.

크눌프는 결국 눈 덮인 산의 절대 고독 속에서 신과 자신의 존재를 확인하며 숨을 거뒀다.

누이가 사는 고향 집에 처박아 두었던 책더미에서 크눌프를 다시 만난 건 우연이 아닌 듯싶다. 눈 덮인 산이 보고 싶은 12월의 오후다.

필사 노트

우산

또 우산을 잃어버렸다
식당에서 밥을 먹는 동안
비가 그쳤기 때문이다

도대체 나는 얼마나 많은
사람을 잃어버린 건지
비가 오면 펼쳤다가
비 그치면 접어버린
사람들

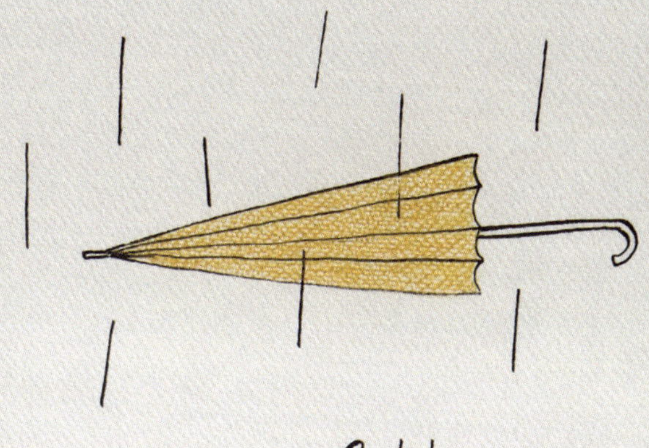

우산

또 우산을 잃어버렸다
식당에서 밥을 먹는 동안
비가 그쳤기 때문이다

도대체 나는 얼마나 많은
사람을 잃어버린 건지
비가 오면 펼쳤다가
비 그치면 접어버린
사람들

2026. 詩畵. 정현우

하루살이

비 오는 날 날개를 달고
처마 밑에 쭈그리고 앉아
하루 종일 한 생애가
그치길 기다렸습니다
땅속으로 돌아가면
다시는 날개를 꿈꾸지 않겠습니다
불확실한 하루의 비상을 위해
삼 년을 애벌레로 꿈틀거려야 하는
어리석은 짓은 절대
되풀이하지 않겠습니다

필사 노트

이별

이별은 그대와 내가
다른 별이라는 걸 깨닫는 것

서로 다른 궤도를 돌다가
초저녁 산책길 라디오에서
함께 들었던 음악이 흐를 때
멀리서 글썽이는 별을 향해
손을 흔들어 보는 것

이별

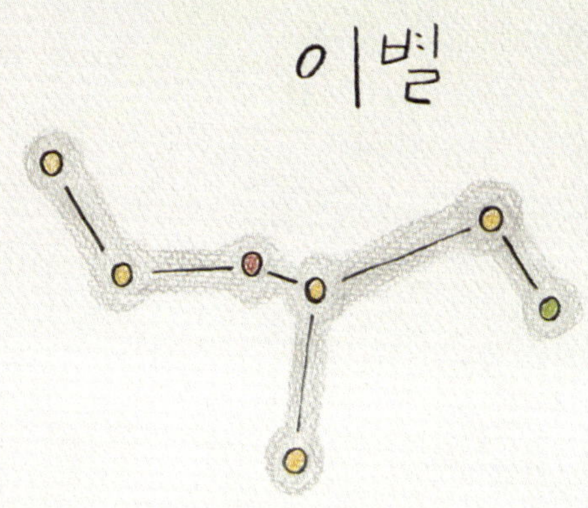

이별은 그대와 내가
다른 별이라는 걸 깨닫는 것

서로 다른 궤도를 돌다가
초저녁 산책길 라디오에서
함께 들었던 음악이 흐를 때
멀리서 글썽이는 별을 향해
손을 흔들어 보는 것

2026. 정현우

행진

세월호 특별법 제정을 촉구하며
양구 해안에서 청와대까지 가는 도보 행진
이튿날 아침 일어나 보니 여남은 중 최와 나
단둘만 남았다
우린 깃발을 하나씩 들고
일박했던 팔랑리 공소를 떠났다
최가 웃으며 말했다
"동지는 간데없고 깃발만 나부껴"

'님을 위한 행진곡'을 나지막이 불렀다
누가 따라오는 것 같아 뒤를 돌아봤다
쑥부쟁이 마타리 벌개미취 수수 조 벼 깨 콩……
팔랑리 초가을 들판 전체가
우리를 따르고 있었다
2014년 초가을이었다

필사 노트

접힌 우산

비는 아침부터 내리고 '개미인력' 대기실엔 인부들이 접힌
우산처럼 빼곡하게 꽂혀 있다. 하루는 노가다판 잡부였다가
하루는 배추밭 농부였다가 하루는 산판 벌목꾼인 사람들. 나
이도 사연도 제각각인 사람들이 비가 그치기를 기다리고 있다.
하루살이 같은 한 시절이 그치기를 기다리고 있다.

비 오면 우산이고 해 나면 양산인데 갈 곳이 없다.

접힌 우산

비는 아침부터 내리고 개미인력
대기실엔 인부들이 접힌 우산처럼
빼곡하게 꽂혀 있다. 하루는 노가다판
잡부였다가 하루는 배추 밭 농부였다가
하루는 산판 벌목꾼인 사람들
나이도 사연도 제각각인 사람들이
비가 그치기를 기다리고 있다
하루살이 같은 한 시절이 그치기를
기다리고 있다.

비 오면 우산이고 해 나면 양산인데
갈 곳이 없다.

2026
정현우

황사黃砂

사막을 끌고 내몽고에서 돌아온
전생의 내가
가시거리 밖에 서 있는
나를 찾고 있다

필사 노트

첫사랑

논물 보러 갔다가 계집애를 만났습니다
까까머리 시절 여름 방학 때였습니다
나는 논둑에 앉아 맹호부대 군가를 부르며
종아리에 달라붙은 거머리를 떼내고 있었습니다
처음 보는 계집애가 낮달처럼
기척도 없이 등 뒤에 떠 있었습니다
개울 건너 마을로 이사를 왔다고
나는 아무 말 없이 계집애네 논으로
물꼬를 틀었습니다

논물 보러 갔다가 계집애를 만났습니다
까까머리 시절 여름 방학때였습니다
나는 논툭에 앉아 맹호부대 군가를
부르며 종아리에 달리붙은
기머리를 떼내고 있었습니다
처음 보는 계집애가 낙달처럼
기척도 없이 등 뒤에
떠 있었습니다 개울 건너
마을로 이사를 왔다고 나는 아무말 없이
계집네 논으로 물꼬를 틀었습니다

첫사랑 2026. 정현웅

화음
—양구읍 평남전파사 1997

평남전파사 유리창에 걸린 구름이
금방이라도 눈을 쏟아낼 것처럼 무겁다

테스터의 바늘이 주인 사내의
소아마비 다리처럼 절룩거리며
내 고장난 오디오를 진단하는 동안
만삭이 된 사내의 아내는 구멍탄 난로 앞에 앉아
뱃속 아기의 세상 나들이를 위한 털 옷을 뜨고 있다

사내가 십자드라이버로 음악을 풀어놓으면
사내의 아내는 뜨개바늘로 음악을 뜬다
십자드라이버와 뜨개바늘로 연주하는
사랑의 이중주

공중의 누구가 박수를 치는지
유리창 가득 함박눈이 쏟아지기 시작했다

화음
- 양주읍 평남전파사 1997

평남전파사 유리창에 걸린 구름이
금방이라도 눈을 쏟아낼 것처럼 무겁다

테스터의 바늘이 주인 사내의 소아마비 다리처럼
절룩거리며 내 고장난 오디오를 진단하는 동안
만삭이 된 사내의 아내는 그을린 난로 앞에
앉아 뱃속 아기의 세상 나들이를 위한 털옷을
뜨고 있다

사내가 십자드라이버로 음악을 풀어놓으면
사내의 아내는 뜨개바늘로 음악을 뜬다
십자드라이버와 뜨개바늘로 연주하는 사랑의 이중주

공중의 누군가 박수를 치는지 유리창 가득
함박눈이 쏟아지기 시작했다

2026. 정현우

후배의 오징어

집을 비운 사이 동해 바닷가에 사는 후배가
빨랫줄에 반건조 오징어 몇 마리 널어놓고 갔다
빈집 마당에 바다를 부려놓고 갔다

오징어 차마 못 먹겠다
입어야겠다

후배의 오징어

집을 비운 사이 동해 바닷가에 시는
후배가 빨랫줄에 반 건조 오징어
몇 마리 널어놓고 갔다. 빈집 마당에
바다를 부려놓고 갔다. 오징어 차마
못 먹겠다. 입어야겠다.

2020. 정현우

달아실에서 펴낸 정현우의 책

그림에세이『물병자리 몽상가』(2022)
시집『초승달발톱꼬리왈라비』(2022)

정현우 시선시화집

김우 정역

1판 1쇄 발행	2026년 4월 20일
지은이	정현우
그린이	정현우
발행인	윤미소
발행처	(주)달아실출판사
책임편집	박제영
편집위원	김선순, 이나래
디자인	전부다
법률자문	김용진, 이종진
주소	강원도 춘천시 춘천로 257, 2층
전화	033-241-7661
팩스	033-241-7662
이메일	dalasilmoongo@naver.com
출판등록	2016년 12월 30일 제494호

ⓒ 정현우, 2026
ISBN 979-11-7207-096-0 03810